La princesse qui n'aimait pas les princes

Alice Brière-Haquet

Illustré par
Lionel Larchevêque

ENCORE
UNE FOIS...

Il était une fois, dans un beau et paisible royaume, une jolie princesse qui réussit un jour une superbe mayonnaise. Conseillers et ministres, cuisiniers et garagistes, tout le monde l'affirmait : il fallait la marier !

Le père ordonna donc ce que tout roi ordonne dans ce cas-là. Qu'il soit organisé un grand bal où se présenteraient tous les possibles, probables et potentiels fiancés.

Il fit rédiger l'invitation sur du papier recyclé.

La princesse les vit donc arriver,
ces princes d'à côté.

En file sur le chemin, un à un, ils baisèrent sa main. Il y avait des maigrelets qui pouvaient s'envoler, et des costauds avec de gros biscotos. Il y avait aussi : des tout petits aux yeux de souris, et des très grands aux oreilles d'éléphant. Il y avait encore : des courageux qui étaient pleins de bleus, et des prudents qui allaient à pas lents.

Il y en eut bien un qui retint l'attention de l'assemblée une minute ou deux : un très grand, très fort et très courageux. C'est qu'il débarqua dans un tel fracas qu'il était impossible qu'on ne le remarquât pas.

Mais quand il fit crisser les pneus de sa Harley sur le splendide tapis en peau de yéti, la princesse manqua de s'étrangler :
« Ma carpette adorée, l'héritage de tante Zoé ! »

Non vraiment, merci bien, celui-là, il ne lui disait rien.

Le roi fut fâché du contretemps, mais il voulut retenter sa chance. Il envoya par-delà les frontières des cartes postales sur la terre entière.

Princes d'un peu plus loin
Mettez-vous en chemin
Ma fille offre sa main.

Elle est jolie, douce et aimable
Et raconte mille et une histoires.

Messie
Chate

La princesse les vit arriver au petit
matin, ces princes d'un peu plus loin.
En file sur le chemin, un à un,
ils baisèrent sa main.

Il y en avait : des blancs comme le lait et blonds comme les blés, et d'autres dont la peau noire brillait comme l'air du soir. Il y en avait encore, en habits multicolores, en rouge, en bleu, en vert, en or, et puis des élégants entièrement vêtus de noir et blanc.

Il y en eut bien un, au teint doux et doré, qui retint un instant l'attention de l'assemblée.
C'est qu'il arriva à dos d'éléphant, suivi de cent girafes et d'autant de tigres géants.
C'était très impressionnant !
Un petit peu trop peut-être...
Les bêtes s'attaquèrent au perroquet de la princesse qui manqua de s'étouffer : « Mon coco adoré, l'héritage de tante Zoé ! »

Non vraiment, merci bien, celui-là, il ne lui disait rien.

Le roi râla, c'est sûr, mais ne s'avoua pas vaincu. Il avait dans son bureau une excellente connexion Internet branchée sur tous les univers, même les plus extraordinaires. Il envoya donc son courriel.

Princes d'encore plus loin
Faites ronfler vos engins
Ma fille vous attend dès demain.

Elle est jolie, douce et aimable
Et rêve de vivre dans les étoiles.

La princesse les vit venir du ciel,
tous ces êtres extraordinaires.
En file sur le chemin, un à un,
ils baisèrent sa main.

Il arrivait d'en haut : des super héros
aux capes belles comme des drapeaux,
et quelques très savants sorciers
bien calés sur leurs balais.

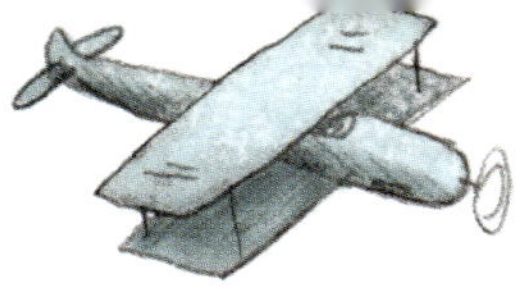

Il y avait aussi : de géniaux scientifiques aux mille inventions fantastiques, et de grands champions du monde, de foot, de course ou d'aviron.

Il y en eut bien un qui retint un
instant l'attention de l'assemblée :
un superman masqué champion de
karaté qui avait inventé l'eau froide
à réchauffer…
Sauf que pour faire sa démonstration,
il attrapa un gros flacon et mit le feu
dans le salon.
C'était une bouteille neuve
de Chamelle n° 9, une fragrance
extrêmement chère au pipi
de dromadaire. La princesse manqua
de s'étrangler : « Mon parfum adoré,
l'héritage de tante Zoé ! »

Non vraiment, merci bien, celui-là, il ne lui disait rien.

Le roi faillit exploser, mais avant de perdre sa royale dignité, il résolut de questionner de nouveau ses sujets. Ministres et conseillers, cuisiniers et garagistes, tout le monde l'affirmait : il fallait appeler la fée. Elle seule saurait les aider.

Le roi, cette fois, décida d'y mettre les moyens : on sortit le plus beau parchemin, un délicat vélin, rehaussé de dorures et décoré d'enluminures.

On prépara en grande pompe l'arrivée de la fée au palais : tous les crapauds furent répertoriés, ainsi que les grenouilles, parce qu'on ne sait jamais…

Les citrouilles à carrosse reçurent
une triple dose d'engrais.
Et on nettoya même les casseroles
du palais (de toute façon, la
mayonnaise de la princesse avait fini
à la poubelle).

La princesse vit alors arriver la fée, absolument charmante sur sa licorne blanche, qui remonta la file pour venir baiser sa main.
Les princes autour d'elle se pressèrent.

C'est qu'ils espéraient lui soutirer
un ou deux petits souhaits :
s'ils pouvaient obtenir rien qu'un
palais ou une épée enchantée, voire
une princesse à délivrer (pourvu
que ce ne soit pas trop compliqué)…
ils s'en iraient satisfaits !

Les maigrelets, les costauds,
les petits, les grands, les courageux,
les prudents, les blancs, les noirs,
les multicolores, les élégants,
les héros, les sorciers, les champions,
les savants… tous s'accrochaient
quémandant, suppliant…
Mais la fée passait sans s'en soucier.

La princesse, elle, la regardait s'approcher d'un air un peu inquiet. Surtout, elle redoutait la baguette magique : tomber folle amoureuse d'un prince de pacotille ? Non merci !

Pourtant quand la fée s'approcha,
un drôle de truc se passa.

Elle la vit, elle rougit, elle pâlit à sa vue.
Était-ce donc cela l'amour tant
attendu ?

En une seconde,
elle comprit que c'était Elle.

En deux secondes,
elle montait derrière sa selle.

En trois secondes,
elles galopaient sous le grand ciel.

Le miracle était arrivé !
Le roi, très étonné, en fit tomber son sceptre doré.
Mais on dit qu'on vit sourire le portrait de tante Zoé.

La princesse et sa fée allèrent
s'installer dans le pays d'à côté.
Elles ne purent pas vraiment
se marier, et pour faire des bébés,
ce fut un peu plus compliqué…

Mais toutes les deux, elles vécurent très heureuses.
Et c'est ainsi que doit s'achever tout véritable conte de fées.

 – ISBN 978-2-330-03165-7
Loi 49-956 du 16 juillet 1949 sur les publications destinées à la jeunesse
Reproduit et achevé d'imprimer en décembre 2020 par l'imprimerie Printer Portuguesa au Portugal
pour le compte des éditions ACTES SUD Le Méjan, Place Nina-Berberova, 13200 Arles.
Dépôt légal : mai 2014